Im Liebesfieber

Unsere Liebe im Klassenzimmer bei sternenklarer Nacht

2

Marina Umezawa

Im Liebesfieber

INHALT

Charaktere

Satori Amano
1. Klasse der Highschool (17)

Eine Klassenkameradin der beiden, die lieber für sich bleibt.

Shinobu Takasaki
Referendar an der Schule

Er ist sehr umgänglich und auch bei den Schülern beliebt.

Satsuki Yono
1. Klasse der Highschool (18)

Nazunas Klassenkamerad und ihr Freund. Er lebt allein mit seinem kleinen Bruder.

Nazuna Asaka
1. Klasse der Highschool* (16)

Schülerin der Highschool, die vom regulären Unterricht auf die Abendschule gewechselt hat, und Satsukis Freundin.

Story

Nazuna lebt allein mit ihrer Mutter und ihr Traum ist es, auf eine gute Uni zu gehen und einen tollen Ehemann zu finden. Für diesen Traum gibt sie ihr Bestes, doch als sich ihre Mutter die Schulgebühren nicht mehr leisten kann, kann sie nicht mehr am regulären Unterricht teilnehmen und muss auf die Abendschule wechseln.

Nazuna ist verzweifelt, doch Satsuki und die anderen, die sie dort kennenlernt, lassen sie Stück für Stück wieder Hoffnung fassen.

Sie versteht sich gut mit Satsuki, der sie beschützt und ihr Leben verändert, und die beiden verlieben sich ineinander. Und nun steht das Schulfest bevor ...

*entspricht der 10. Klasse

Im Liebesfieber

Unsere Liebe im Klassenzimmer bei sternenklarer Nacht

Hallo!

Herzlichen Dank, dass ihr den zweiten Band von *Im Liebesfieber* lest!

Und schon geht es los!

Wenn es Abend wird...

...gehen die Schüler in ihren Uniformen nach Hause.

Asaka-san*, du kannst jetzt Schluss machen.

Es ist doch bald Zeit für deinen Unterricht.

*höfliche, geschlechtsunabhängige Anrede

Vielen Dank!

Ja!

Für mich dagegen fängt der Unterricht...

...erst nach der Schule an.

Spring
auf!

Ich komm
auch grade
erst von der
Arbeit.

Das ist
Satsuki
Yono.

Danke,
Satsuki-
kun*!

*Anrede für Jungen und jüngere Männer

Ich geh das Motorrad abstellen.

Ich hab ihn sehr gern.

Okay.

Er ist mein Freund.

Vrooom

Er geht auf dieselbe Abend-schule wie ich.

Und er hat mein Leben verän-dert.

Ich steh auf Typen mit Motor-rad ...

Ach, Abend-schule ...

Oh ...

Amano-san!

Hallo ...

Machst du Gesichts-gymnastik?

Hä?

Das ist Satori Amano.

Sie ist in derselben Klasse wie wir...

...aber sie sondert sich von den anderen ab.

Sensei*! ♡

Sie müssen unbedingt beim Schulfest bei unserer Klasse vorbeikommen!

Hm?

*Anrede für Künstler*innen, Lehrer*innen, Ärzt*innen etc.

Den hab ich noch nie gesehen.

Was siehst du ihn so begeistert an?

Uwah?!

Er macht hier sein Referendariat.

Aber nicht in der Abendschule.

Wusste ich gar nicht.

Ach so ...

Mit nur einem Wort kann man andere zutiefst verletzen ...

Worte sind Waffen.

Man muss darauf achten, wie man sie benutzt.

Nehmt es ihnen bitte nicht übel.

Oh ...

Ist gut.

Ja ...

Wie?

Ja ...

14

Kann schon sein.

Fandest du sein Lächeln nicht gruselig?

Ein netter Lehrer.

Oder?

Alle haben so eine schlechte Meinung von der Abendschule.

Aber nach dem, was er gesagt hat, scheint er hinter uns zu stehen.

Das finde ich irgendwie schön.

Sst

Aber ich steh doch schon immer hinter dir.

Reicht dir das etwa nicht?

Wah!

Wir sind zwar alle ver- schieden ...

Die beiden von eben!

In der Schule wird nicht rumgemacht!

... doch wir geben aufeinander acht und verstehen uns.

Wir geben hier unser Bestes.

In der Abendschule sind ja eigentlich zu wenig Schüler, aber ihr werdet dennoch teilnehmen.

Ich möchte heute mit euch über das Schulfest sprechen.

Ein Schulfest in der Highschool ...!

Das wär richtig super!

Krrt

Darf ich?!

Äh ...

Also!

Ihr müsst euch einigen, was ihr machen wollt.

18

Bei einem Schulfest kommt ein Café ...

... oder Cosplay immer gut an.

Hm ...?

Wir haben keine Zeit, so was vorzubereiten.

Die meisten von uns arbeiten tagsüber.

Wir sind nur die Abendschule.

Das wird nichts ...

Oh ...

Stimmt. Was hab ich mir nur dabei gedacht?

Ähm ...

Tut mir leid, Asaka-san. Viele in der Abendschule haben nicht die Zeit, um etwas Aufwändiges auf die Beine zu stellen.

Meistens ist es eine Ausstellung geworden.

Eine Ausstellung ...

Sie malen oder schreiben etwas in ihrer Freizeit.

... und stellen ihre Werke dann aus.

希望 青空 突破 瞬 四季 の国 翔 心 花火

*Im Uhrzeigersinn: blauer Himmel, Hoffnung, Land der vier Jahreszeiten, fliegen
**Im Uhrzeigersinn: Überwindung, Moment, Feuerwerk, Herz

Das soll alles sein ...?

Eine Ausstellung ...

Wäre dafür nicht Asaka-san geeignet?

Sie scheint motiviert zu sein.

Ding

Dong

Seh ich auch so.

Dann reden wir über die Ausstellung.

Oh, es ist Zeit. Entscheidet erst mal, wer verantwortlich sein soll, und dann sehen wir weiter.

20

Drängt sie nicht dazu. Wir haben doch alle zu wenig Zeit!

Hey!

Ähm ...

In Ordnung?!

Ich lass mir was einfallen, was wir für das Fest machen können ...

Ach ...

Schon gut. Ich pack das!

Die Abendschule bedeutet, dass wir nur abends in der Schule sind.

Aber wir unterscheiden uns vom Alter her.

Und auch unsere Ziele und Gründe, warum wir hier sind, sind ganz unterschiedlich.

Etwas ausstellen ... Hm?

Aber vielleicht denke ich auch zu sehr an mich selbst ...

Obwohl wir in einer Klasse sind, haben wir keinen Klassenverband.

Ich finde das richtig schade.

Blöd, dass sie dir das so aufgedrückt haben.

Oh!

Amano-san!

Du hast recht.

Dann fällt mir vielleicht was ein ...!

Wenn du mal die Lehrer fragst, zeigen sie dir bestimmt ...

... was die Abendschule in den letzten Jahren so gemacht hat.

Was?

Nichts.

Danke für den Tipp, Amano-san!

Sie hat mich angesprochen. Ich freu mich ja so!

Aber ich glaube, sie ist in Wahrheit sehr warmherzig.

Sie hält alle auf Abstand und tut immer so abweisend.

ガ
ラ
ッ
schrrt

Schön, dass ich die Aufzeichnungen ohne Weiteres ausleihen konnte.

Uwah?!

Was macht ihr denn noch hier?

Der Raum ist doch leer, oder?

Hast du mich erschreckt!

Was? Du, Nazu?

Ha ha ha!

Die Mädchen in unserer Klasse ziehen sich wie Männer an.

Yuki-chan* wird als Mann garantiert super aussehen!

Wir arbeiten an den Klamotten fürs Schulfest.

Freundinnen aus meiner alten Klasse ...

Die kann ich nicht hierlassen.

*verniedlichende Anrede für kleine Kinder und gute Freund*innen

Sie schneidern also ...?

Klingt schön ...

Die Abendschule macht doch auch beim Fest mit, oder?

Ja ...

Also dann, viel Spaß beim Unterricht!

Komm du uns dann auch mal besuchen!

Wir gucken mal bei deiner Klasse vorbei.

Wir sind doch alle ...

... und loslassen muss, um glücklich zu werden, aber ...

Ich versteh ja, dass ich es nicht ändern kann ...

... in der 1. Klasse

... und es ist unser erstes Schulfest.

Und doch sind Tages- und Abendschule so verschieden.

Was ist los?

... wirklich zu viel verlangt, wenn wir wie die Ganztagsschüler alle zusammen nähen oder mal was miteinander unternehmen würden?

Wäre es denn ...

Nazuna ...

Ha ha!

Sorry. Das geht nicht, schon klar.

Wir haben nicht so viel Freizeit.

Anders als bei ihnen wäre das ziemlich kompliziert.

Es ist aber auch nicht schlimm, dass wir anders sind.

Machen wir das Beste draus.

Ich möchte nicht in den Ganztagsunterricht zurück ...

Ich gehöre jetzt zur Abendschule.

... weil ich neidisch bin oder so.

Hör mal. Ich würde gern was ausprobieren.

Ich werde tun ...

... was ich kann.

Nimm dir doch für diesen Tag frei.

Dann können wir zusammen zum Fest gehen.

Hm, freinehmen?

Gern!

Dann könnten wir auch Schritt für Schritt vorankommen ...

Das klingt echt nicht schlecht!

Hah ...

Wer kann beim Fest dabei sein?

Was brauchen wir?

Ich habe mir jetzt darüber Gedanken gemacht.

Was haltet ihr davon, wenn wir alle zusammen an etwas arbeiten, anstatt jeder für sich?

Ach, wollt ihr nicht beim Schönheitswettbewerb mitmachen?

Das könnt ihr gern so machen.

Das klingt interessant.

Was?

Gut!

Lehrerzimmer

Er wird jedes Jahr zum Schulfest veranstaltet und ist das Highlight.

Je ein Mädchen und ein Junge aus jeder Klasse nehmen als Paar teil und präsentieren sich auf der Bühne.

Wer nach der Abstimmung den ersten Platz belegt, bekommt auch einen Preis.

Amano-san aus deiner Klasse wäre doch ideal dafür, oder?

Die Abendschule kann da auch mitmachen?

Na ja, bisher hat sie das noch nie, aber dieses Jahr sind in der I. Klasse viele unter zwanzig ...

Er kennt Amano-san ...?

Oh!

Ach ...

Der Referendar ...

Takasaki

Sie ist auch relativ groß. Meinst du nicht, dass sie das Zeug zum Model hat?

Da sie immer eine Maske trägt, fällt sie ziemlich auf.

Das wäre doch eine gute Gelegenheit, euch besser kennenzulernen.

Aber ob sie teilnehmen würde ...?

Und wir sind gerade mal so weit, dass wir überhaupt miteinander reden ...

Amano-san und ich ...

... wartet sie ja auch nur darauf, dass du einen Schritt auf sie zu machst.

Und vielleicht ...

1-A

AS 1-A

Soll ich versuchen, auf sie zuzugehen ...?

Oh!

Amano-san!

Schön-
heitswett-
bewerb?

Ähm...
Was?

Was
soll das
sein?

Willst du ...

... beim
Schönheits-
wettbewerb
mitmachen?!

Also, ich hab
gehört, dass
einer statt-
finden soll.

Und ich
glaube, dass sich
hinter Amano-
sans Maske eine
echte Schönheit
versteckt.

Und wer
übernimmt
den männ-
lichen
Part?

Soll
doch ein
Paar sein,
oder?

Satsuki
wäre doch
perfekt!

Er ist
heiß!

Mo...

Na!

Ein süßer
Typ und ein
hübsches
Mädchen,
das passt
perfekt!

Hä?!

Ich mach garantiert nicht ...

... bei diesem Wettbewerb mit! Beim ganzen Schulfest nicht!

Amano-sa...

Und jetzt?

Wenn sie so extrem reagiert ...

... muss es dafür einen Grund geben.

Darüber muss man sich doch nicht gleich so aufregen.

Haben wir was Falsches gesagt ...?

Tja ...

Ich muss mich morgen ...

auf jeden Fall bei ihr entschuldigen ...

Amano-san.

Was ?!?

Echt jetzt?!

Wer?

Hey!

Schon gesehen? Dieses Jahr macht auch die Abendschule beim Schönheitswettbewerb mit.

Und,
bist du jetzt
zufrieden?

Schulfest
Teilnehmer des Schönheitswettbewerbs

AS 1-A: Amano, Satori   Yono, Satsuki

A: Suzuki, Honami   Saji, Kazuma
Shiroi, Mimi   Takeuchi, Hiroto
Jima, Chisame   Akashi, Miharu

Wie ...?

Wie
kann das
sein?!

Das Anmelde-
formular hatte
sie doch weg-
geworfen ...

Ich
war das
nicht ...

Du wirst zu Nazunas Chef gehen und dich bei ihm entschuldigen!

Es tut mir leid, dass ich solche Unwahrheiten verbreitet habe.

Mach so was nie wieder, ja?

Nach einigem Hin und Her konnte Nazuna wieder im Café arbeiten.

»Ich habe
eine Bitte
an dich.«

Universität
Referendar

Im Liebesfieber

Unsere Liebe im Klassenzimmer bei sternenklarer Nacht

Es ist
nicht fair
...

... Nazuna
dazu zu
drängen.

Weil du ...

... noch nicht aufgegeben hast

Was hat der Schönheitswettbewerb ...

... damit zu tun?

Oh ...

Amano-san ...

... helfen?

AS 1-A

1-A

Schrrt

48

?

Klar.

Hast du die Einkaufsliste fürs Schulfest dabei?

Tut mir leid, dass es länger gedauert hat.

Nazuna.

Das müsste der Künstlerbedarf sein.

Ähm...

Ich muss mich auch auf die Ausstellung konzentrieren.

TOOL SHOP

50

Ich weiß ...

Du musst mit Amano sprechen und ...

... die Sache klarstellen.

Aber was soll es bringen, wenn ich ihr sage, dass alles ein Missverständnis ist?

Ich hatte das Gefühl, mich langsam mit ihr anzufreunden.

Sie hat mich ja sogar schon angesprochen.

»Hör auf ...«

Ich dachte ...

... du könntest nicht mit einkaufen gehen ...?

Pins

Nachschub ist unterwegs

Du musst doch nicht arbeiten, oder? Kannst du nicht mitkommen? Bitte, Bitte!

Nazuna kann nicht mitkommen.

Bist du aufdringlich ...

Yono ... Du hast mich reingelegt, oder?

Das schafft ihr zwei ja wohl auch ohne mich.

Na ja ...

Je mehr, desto besser!

Lasst uns schnell alles zusammensuchen.

Nazuna hat die Anmeldung für den Schönheitswettbewerb nicht hinter deinem Rücken eingereicht.

Sa...

Satsuki-kun!

Amano!

Es war der Referendar, Shinobu Takahashi.

Was ...?

An unserer Schule ...?

Amanosa...

Shinobu ...? Er ist hier?

54

Hey ...

Ist das da nicht Satori Amano?

Ja, du hast recht!

Dich hat man ja seit der Mittelschule nicht mehr gesehen, Satori.

Hm? Welche?

Na, die mit der Maske.

... so was würde sie nicht tun!

Rede nicht so schlecht über Amano-san!

Schluss damit!

Waren die beiden ...

Amano-san und ...

Takasaki-sensei ...?

... etwa ein Paar?

Krankenzimmer

Es ...

... war unser Geheimnis.

Äh ...
Nein ...

Du bist beliebt, hast aber keinen Freund, oder?

Wie ...?

Takahashi-sensei von der Nachhilfe ist echt süß, oder?
♡

Brauch ich grade auch nicht ...

Ich denk drüber nach, ihm meine Liebe zu gestehen ...

Hm?
Ja ...

Im Ernst ...?

68

Ich glaub, ich versteh jetzt ...

Du kannst doch nichts dafür!

... was Takasaki-sensei sagen wollte.

... gibt sich selbst die Schuld, dass du das Modeln aufgegeben hast und nicht mehr zur Schule gehen konntest.

Takasaki-sensei ...

Möchtest du ihm seinen Wunsch nicht erfüllen?

Ich möchte ihn gern wiedersehen ...

Shinobu ...

Daher möchte er, dass du beim Schönheitswettbewerb wieder erstrahlst.

Ja ...

Lehrerzimmer

Takasaki-
sensei.

Ich ...

... hätte
auch eine
Bitte an
Sie.

Mit schmaleren Augen

Nazuna Akasaka

Das sind ein paar frühe Charakter-skizzen, die es nicht mehr in den ersten Band geschafft haben.

Da ich sie wiedergefunden habe, hier also ein neuer Anlauf. (˘ ³˘)

Nur die Spitzen der langen Haare ge-schwun-gen

Nazunas Name wurde aus verschiedenen Gründen geändert und ich habe mich nie so richtig daran gewöhnt. Na ja, ihr ursprünglicher Name klingt aber auch irgend-wie fremd. Einen Namen für sie zu finden war zwar nicht ganz leicht, hat aber auch Spaß gemacht. Früher hab ich mir für die Namen meiner Figuren Anregungen geholt, aber irgendwann habe ich begonnen, ihre Namen mit-einander in Bezug zu setzen.*

Satsuki Yono

*Der Name Asaka enthält das Schriftzeichen für »Morgen« und Yono das Schriftzeichen für »Nacht«.

Kapitel
3

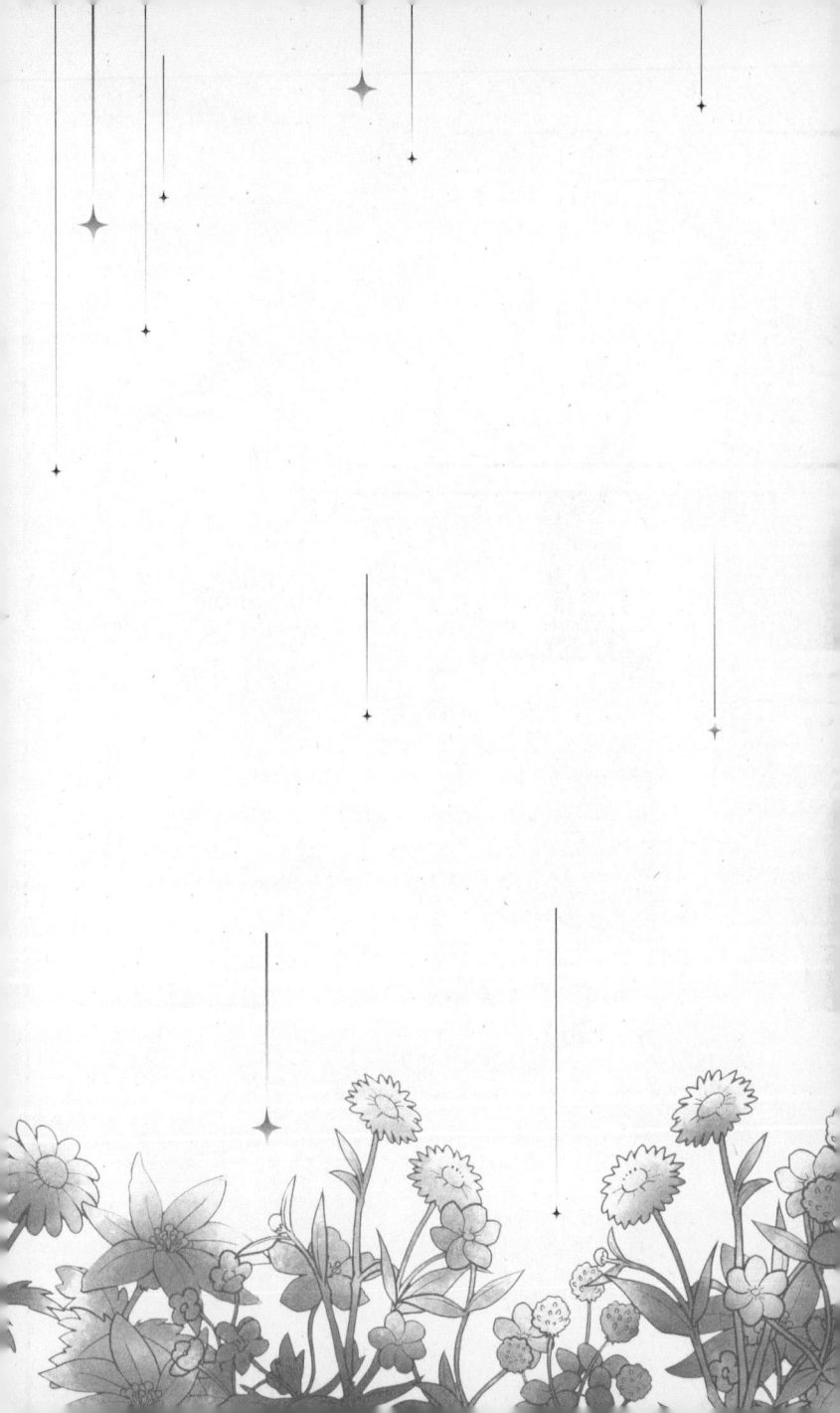

Das macht doch nichts, Mama. Ich werd auch ohne Geld Spaß haben!

Nazuna, heute ist doch das Schulfest, oder?

Klack

Bis später!

Ich kann ...

Tut mir leid.

... nicht länger mit ansehen, wie sie unter alldem leidet ...

Ich kann dir leider kein Geld geben ...

Kontakt | Bearbeiten

Hiroyuki Asaka

Nummer
090...

Nachricht

Im Liebesfieber

Unsere Liebe im Klassenzimmer bei sternenklarer Nacht

Nazuna.

Ist das der letzte Verdunklungsvorhang?

Ja. Danach hängen wir das hier auf.

Die Abendschule hat damit alles für die Ausstellung vorbereitet.

Danke für die Hilfe beim Aufbau!

Zum Glück haben wir alles rechtzeitig geschafft.

Als ich noch im Ganztagsunterricht war, musste ich ein Jahr wiederholen und hab dann abgebrochen.

Aber nur weil alle geholfen haben, obwohl wir alle kaum Zeit haben.

Super!

Bis ich zur Arbeit muss, seh ich mich um.

Hey!

Darf ich dich auch Nazuna nennen?

Aber wenn man dann erst mal von der Schule weg ist, findet man das gar nicht mehr so übel ...

Es hat mich immer genervt, wenn es hieß: »Hängen wir uns alle zusammen rein!«

Okay.

Ihr beide müsst auch da hin!

An alle Teilnehmer des Schönheitswettbewerbs ...

Findet euch bitte im Vorbereitungsraum ein.

Was macht die Klasse hier denn?

Wo gehen wir jetzt hin?

Was ...?

Hm?

Das ist die Abendschule.

Bestimmt eine Ausstellung.

Ist das dunkel!

Das kann keine Ausstellung sein ...

Oooh?! Der Schüler Yono hat seinen Platz abgetreten an ...

... den Referendar Takasaki-sensei?!

Shinobu ...

Waaah?

Schönheitswettbewerb

Wieso ...?

Hä? Takasaki-sensei?!

Sensei ...?!

Es ist al-les meine Schuld.

So bist du einfach viel süßer, Satori.

Verzeih mir ...

CONTES...

Sensei! Was hat das zu bedeuten?!

Ähm ...

Also, na ja ...

Schön... Wettbewerb

Ich fand das ganz interessant ...

Die Abendschüler meinten, ich soll mal Schwung in die Bude bringen ...

Der ist ja richtig lustig!

Ha ha ha!

Schönheit...

Ich hatte keine Ahnung ...

... von eurem Platztausch.

Ich hab ihm meine Klamotten geliehen ...

Auch Satsuki-kun ...

... hat sich so seine Gedanken gemacht ...

... damit er sie aus nächster Nähe sehen kann.

90

Was ...?

Ich freu mich nur, dass du so viel Spaß hast.

Oder nicht?

Nichts.

Äh ...

Oh!

Los, gehen wir!

Hm? Wohin denn?

Cosplay

Hier gibt's Cos-play-Fotos!

Wie wär's mit einem tollen Andenken?

Willkommen im Cosplay-Studio der 3-B! ♡♡

WEL COME!

3-B

Wir haben alle möglichen Kostüme hier!

Ähm, Entschuldigung?

Wie abgefahren!

So viele Sachen ...

Was?

Also dann, ab mit dir!

Hm?

Kein Problem!

Satsuki-kun?

94

Was ist das ...?

Okay ...

Zieh doch mal das an.

Die Größe müsste passen.

Kyah!

Wow! Das steht dir perfekt!

Ähm ...

Bin fertig ...

Knips

Ich hätte nicht gedacht, je wieder die Uniform zu tragen.

Ha ha ha!

Und ich ...

... bin mit ihm zu- sammen.

Das hattest du dir doch mal gewünscht.

Danke.

Ja ...

Das war ein wunderschöner Tag heute.

Daran erinnert er sich noch?

An so eine Belang- losigkeit ...?

Das wird meine schönste Erinnerung an die Highschool werden.

Na und?

Das weiß ich doch ...

...?

Wir sind in der Schule ...

Darf ich dich mit deinem Vornamen ansprechen?!

Ach, Amano-san!

... die Menschen, die mich in ihrem Kreis aufgenommen haben ...

Aber ...

Ich hab vieles verloren.

... sind mir sehr wichtig geworden.

Was
wollen
Sie ...

... von
Nazuna?

Satsuki-kun!

Schon gut ...

Meinen ...

...dass ich ihn das letzte Mal gesehen habe ...

Es ist schon lange her ...

Was ...

... machst du hier ...?

Du erkennst mich noch?

Papa ...?

Sonderpreis beim
Schönheitswettbewerb

Kapitel
4

»Du kannst zu mir ziehen!

... und gehst wieder ganz normal zur Schule!«

Du brichst die Abend- schule ab ...

Meinst du damit, dass wir alle drei wie- der zusammen- wohnen?

Zu dir ziehen ...?

Im Liebesfieber

Unsere Liebe im Klassenzimmer bei sternenklarer Nacht

...!

Ich komm dich dann abholen, also mach dich bitte bereit.

Wie stellt er sich das denn vor?

Er taucht aus heiterem Himmel auf ...

... und meint, ich soll zu ihm ziehen ...

Die Abend-
schule ab-
brechen ...

... und um-
ziehen ...

Das
hast du
fallen
lassen.

Hier.

Drück

Das
bedeutet
auch ...

... dass ich
nicht mehr mit
Satsuki-kun
zusammen
sein kann.

Rede doch erst mal mit deiner Mutter drüber.

Gut ...

Bist du gerade erst zurück?

Hallo.

Also dann ...

Nazuna.

Ja ...

Bis morgen.

Mama ...

Er meinte, du hättest ihm gesagt, dass ich auf die Abendschule gehe ...

Mama, hast du die ganze Zeit Kontakt mit ihm gehabt?

Nazuna ...

Dein Vater hatte seinen Job verloren ...

... und wir haben uns wegen des Geldes gestritten ...

Entschuldige, dass ich dir nichts gesagt habe ...

»Wo willst du denn hin?«

»Was soll das heißen ...?!«

»Komm bloß nicht wieder zurück!«

Bamm

»Ich hab's so satt!«

Mit so viel Gepäck ...

»Wo ist Papa denn hinge-gangen?«

»Mama?

»Nazuna ...«

In letzter Zeit hat er mir ab und zu eine Mail ge-schickt.

»Wir beide ...

... schaffen es auch ohne ihn ...«

Er arbeitet wieder und es geht bergauf bei ihm.

Er hat auch gefragt, ob wir nicht wieder zusammenleben wollen.

Aber ich habe Nein gesagt.

Was ...? Wieso das denn?!

Ich hab alles gegeben, um dich allein großzuziehen ...

Und dennoch ...

Ist das nicht offensichtlich?!

Doch nicht mit jemandem, der seine Familie schon einmal einfach im Stich gelassen hat!

... hab ich es nicht geschafft!

Deshalb hab ich mich an ihn gewandt ...

Er hat dich damals verlassen ...

... aber wenn er dir ein normales Leben ermöglichen kann ...

Was ...? Wieso kommst du nicht mit ...?

... aber ich bitte dich, geh mit ihm.

Ich kann zwar nicht mit dir kommen ...

Wenn du nicht mitkommst ...

Ich ...

... geh ich auch nicht!

... hab mich für dich aufgeopfert, ich kann nicht mehr.

Nazuna ...!

Entschuldi-
gung.

Ihre
Tochter
ist mir sehr
wichtig.

Ich heiße
Satsuki
Yono.

...!

Knirsch

Gehen wir nach Hause ...

Oh! Bleibt Nazu heute Nacht hier?!

Super!

Lass uns spielen.

Ich hab deiner Mutter Bescheid gesagt.

Soll ich wirklich? Ich will nicht stören ...

Zzz

Zzz

Danke ...

»Ich hab mich für dich aufge- opfert ...

... ich kann nicht mehr.«

Zing

Kannst du nicht schlafen?

Wenn ich sage ...

... dass ich bei meiner Mutter blei- ben will ...

... bringt das beide in Schwierig- keiten ...

Ploff

Geht's dir wieder besser?

Satsuki-kun ...

... du bist wach?

... mir geht so vieles durch den Kopf ...

Ja, aber ...

... können wir uns immer noch sehen.

Nazuna ...

Selbst wenn wir voneinander getrennt werden ...

Du ...

Das ist mir überhaupt nicht egal!

... bist mir wichtig und ich möchte bei dir sein.

Das lässt mich auch nicht kalt ...

Oh ...

Ich wünsch mir nur ...

... dass du gut drüber nachdenkst ...

... und dich für das entscheidest, was dich glücklich macht. Deshalb hab ich das gesagt.

Die Antwort ...

... hab ich doch schon gegeben.

... möchte hierbleiben ...

Ich ...

Es wird alles gut.

Ich bin nicht mehr wie früher und gebe auf.

Danke, Satsuki-kun ...

Alles in Ordnung?

Klack

Nazu...

Wusch

Ja ...

Ich geh heute wieder nach Hause.

Sie ist ... bei einem Jungen ...

Mama ist noch nicht zurück ...

Es wird wohl wieder spät bei ihr ...

Bin ...

... wieder zu Hause ...

Ich weiß nicht, ob das jetzt noch interessant ist, aber hier ein paar Darstellungen von Nebenfiguren. (Sie haben sich ganz schön gewandelt.) Ich möchte sie euch aber nicht vorenthalten.

Satori Amano

Ganz frühe Darstellung

Ihr Name und auch ihr Aussehen in der Skizze waren ganz anders. Ein Teil von mir wäre gern noch näher auf ihre Geschichte eingegangen, aber sie ist letztendlich nur eine Nebenfigur. Das finde ich schon ein bisschen schade.

Das finale Aussehen

Ein Klassenkamerad

Wer ist das eigentlich ...?

Das finale Aussehen

Ursprünglich hatte ich nur einen lockeren Charakter im Sinn, der mit Satsuki befreundet ist. Während meiner Recherche habe ich gehört, dass auch viele ausländische Schüler die Abendschule besuchen. So kam ich auf die Idee, einen Schüler aus dem Ausland einzubauen. Ich habe der Redaktion davon erzählt und die Idee fand Anklang. Allerdings ist mir keine gute Hintergrundgeschichte für ihn eingefallen, weshalb er nicht mal einen Namen bekommen hat ... Tut mir leid!

Wäre ich näher auf die anderen Figuren und ihre Gründe, auf die Abendschule zu gehen, eingegangen, wäre die eigentliche Liebesgeschichte zu kurz gekommen. Das ist in einer Sho-Comi-Reihe leider etwas schwierig. (´～`)

Im Liebesfieber

Unsere Liebe im Klassenzimmer bei sternenklarer Nacht

Nazuna würde niemals ohne ein Wort verschwinden!

Ich auch!

Yono und ich suchen nach ihr.

Du ...

... hast recht ...

Hiii ...?

Was ...?

Rufaufbau
Nazuna Asaka

Duut

Duut

Duut

Bww

Bww

Wieso ...?

Das ...

... sind meine
Sachen ...

Das
kann nicht
sein!

Will er mich
gegen meinen
Willen mit-
nehmen?!

Warten
Sie bitte
...!

Schrrt

...möchte ich sie mit aller Kraft unterstützen!

Tapp

Tapp

Was hat das zu bedeuten, dass Nazuna angeblich die Schule wechseln will?!

Nazuna weiß gar nichts davon.

Hey...

Was macht ihr alle hier?

Ihr müsstet doch im Unterricht sein!

Leute wie ihr...

Sie können Sie doch nicht einfach so mitnehmen ...

Schrrt

Es ist wahr, dass die Schüler der Abendschule nicht normal zur Schule gehen können.

Doch sie haben sich aus ganz unterschiedlichen Gründen dazu entschieden.

Hier ist es nicht so schlecht, wie du denkst, Papa!

Sst

Ich ...

...Satsuki-kun hat mir Mut gemacht...

... und mir von der Abendschule erzählt.

Er hat ...

...mich gerettet.

Verzeih mir, dass ich nur an mich denke!

Lass mich bitte auch in Zukunft ...

... auf die Abendschule gehen!

Warum weinst du denn?

Super!

Sie hat auch mir schon geholfen.

Machen Sie sich keine Sorgen.

Ihre Tochter lässt sich nicht so leicht unterkriegen.

Aber es hat sich viel geändert.

... auch heute gibt es unter den Eltern einige, die immer noch dieses Bild im Kopf haben.

Die Abendschule hatte früher einen sehr schlechten Ruf ...

»Ich kann nicht mehr.«

»Ich hab mich für dich aufgeopfert ...«

Mein Vater hat zwar grünes Licht gegeben ...

... aber ich muss es noch meiner Mutter beibringen ...

Hast du Angst?

Mit ihr zu reden ...?

Wenn sie dir sagen sollte, dass du nicht bleiben kannst ...

Mach dir keinen Kopf!

Ich warte hier auf dich, bis ihr alles besprochen habt.

Nazuna ...?!

Ma...

Mama ...?!

Klack

Pass immer
gut auf dich
auf, ja?

Ich hab
gedacht, du
würst schon weg,
weil deine Sa-
chen nicht mehr
da waren
...

Tut mir leid ...

Auch wenn ich dir eine Last sein sollte ...

Ich geh nicht weg.

Was?

Aber dann hättest du ein viel besseres Leben! Du müsstest nicht mehr arbeiten ...

...darf ich bei dir bleiben?

Aber natürlich!

Ich sollte mich viel eher bei dir entschuldigen.

Ich habe nicht verstanden, dass du deine Wünsche aus lauter Rücksicht unterdrückt hast.

Verzeih mir, dass ich als Vater versagt habe ...

Ähm, ja!

Du bist Satsuki-kun, oder?

Ich glaube, es ist dein Verdienst ...

... dass Nazuna endlich sagen konnte, was in ihr vorgeht.

Ich habe ...

... immer noch alle Hände voll zu tun mit dem, was vor mir liegt.

Aber wenn ich mich in neue Gefilde wage ...

... dann wach bitte über mich.

Im Liebesfieber ② – Ende

Tapp

Tapp

Bonuskapitel

Danke fürs Warten!

Satsuki-kun!

Ich heiße Nazuna Asaka ...

...und gehe auf die Abendschule, die um 17 Uhr beginnt.

Heute werde ich bei meinem Freund ...

... über-
nachten.

Kein
Ding.

Können
wir los?

Er heißt
Satsuki
Yono.

Badumm

Badumm

Wir sind
heute ganz
allein ...

Sein Bruder
ist auf einer
Übernach-
tungsparty im
Kindergarten.

Er geht
auch auf die
Abendschule
und wohnt mit
seinem kleinen
Bruder zu-
sammen.

174

Er ...

...hat an mich gedacht ...

Wir haben wegen der Schule und der Arbeit nie Zeit für uns allein.

Ich wollte heute einfach nur mal länger mit dir zusammen sein ...

... und hab dich ein-geladen.

Und ich hab ...

Vielen Dank.

Ich bin glücklich, dass ich bei dir sein kann.

Normalerwei-se müsste ich jetzt ja nach Hause.

Mach ich.

Fühlt sich gut an, wenn meine Freundin das so sagt.

Es macht mich glücklich, das zu meinem Freund zu sagen ...

Am liebsten würd ich gar nicht erst gehen ...

Im Liebesfieber, Bonuskapitel – Ende

✳Assistenten:

Miki Watanabe

Mami Mitamura

Ami Yoka

Ayana Tagi

Aoi Kanbayashi

Special Thanks

✳Designer

Saaya Nishino
Kaori Kuroki

✳Redaktion

Miki
Sasaki

Schul

▼Postanschrift: 101-801

2-3-1 Hitotsubashi, Chiyoda-ku, Tokyo

Shogakukan, Redaktion Sho-Comi

Marina Umezawa

Autorenprofil

Marina Umezawa wurde am 23. März im
Sternzeichen Widder geboren. Sie stammt aus
der Präfektur Niigata. Ihre Blutgruppe ist AB. Die
Mangaka hatte ihr Debüt als Künstlerin mit der Geschichte »Der Weg der ersten Liebe« (*Koizome Road*)
in der *Sho-Comi*-Ausgabe vom 15. Juni 2010. Auch
heute noch ist sie sehr aktiv für *Sho-Comi!*

Kommentar

Verglichen mit dem ersten Band sind
Nazunas Gesichtszüge weicher geworden.
Endlich schaffe ich es, sie niedlich aussehen
zu lassen. Das ist doch sicher auch Satsukis
Verdienst, oder?! Vielen Dank!

Marina Umezawa

TOKYOPOP GmbH
Hamburg

TOKYOPOP
1. Auflage, 2023
Deutsche Ausgabe/German Edition
© TOKYOPOP GmbH, Hamburg 2023
Aus dem Japanischen von Mareen Sickel

HOKAGO NO BINETSU Vol. 2
by Marina UMEZAWA
© 2018 Marina UMEZAWA
All rights reserved.
Original Japanese edition published by SHOGAKUKAN.
German translation rights in Germany, Austria, Liechtenstein
and German speaking area in the Switzerland, Belgium,
Italy and Luxembourg arranged with SHOGAKUKAN
through VME PLB SAS.
Original Cover Design: Kaoru KUROKI + Bay Bridge Studio

Redaktion: Katrin Aust
Lettering: Vibrant Publishing Studio
Herstellung: Mathias Neumeyer
Druck und buchbinderische Verarbeitung:
CPI – Clausen & Bosse GmbH, Leck
Printed in Germany

Wir achten auf die Umwelt.
Dieses Produkt besteht aus FSC®-zertifizierten
und anderen kontrollierten Materialien.

ISBN 978-3-8420-8421-6

Im Liebesfieber

Unsere Liebe im Klassenzimmer bei sternenklarer Nacht

SPÜRE MEINEN HERZSCHLAG

Marina Umezawa

Die Sprache des Herzens braucht keine Worte

Hikaris Eltern haben das Leben ihrer Tochter samt zukünftigem Ehemann bereits vollständig durchgeplant. Was Liebe bedeutet, weiß das wohlerzogene Mädchen daher nicht – noch nicht! Denn das Schicksal führt sie mit dem gehörlosen Schüler Yuito zusammen. Mit seiner sanften Art versteht er Hikari besser als jeder andere. Doch Yuitos und Hikaris Annäherung entspricht so gar nicht den Plänen ihrer Eltern!

www.tokyopop.de

VERLIEBTE HERZEN

Marina Umezawa

**»Wirst du von mir genug haben,
wenn du mich vernascht hast?«**

Seit einem Jahr sind Shizuku und Daiki ein Paar. Als
Daiki den nächsten Schritt mit Shizuku gehen möchte,
ist diese nicht sicher, ob sie schon bereit dazu ist. Da-
raufhin schlägt er ihr wie aus dem Nichts vor, auf Pro-
be zu heiraten! Ist das nur ein Scherz oder meint er das
wirklich ernst ...? Diese und vier weitere romantische
Kurzgeschichten von Marina Umezawa (*Blick ins Herz*)
in einem Band!

www.tokyopop.de

STOPP!

Dies ist die letzte Seite des Buches!
Du willst dir doch nicht den Spaß verderben
und das Ende zuerst lesen, oder?

Um die Geschichte unverfälscht und original-
getreu mitverfolgen zu können, musst du es
wie die Japaner machen und von rechts nach
links lesen. Deshalb schnell das Buch um-
drehen und loslegen!

So geht's:

Wenn dies das erste Mal sein
sollte, dass du einen Manga
in den Händen hältst, kann dir
die Grafik helfen, dich zurecht-
zufinden: Fang einfach oben
rechts an zu lesen und arbeite
dich nach unten links vor.
Viel Spaß dabei wünscht dir
TOKYOPOP®!